Laila salva el día

por
Julie Dart

Ilustraciones de
Mike Motz

Este libro esta dedicado
al superhéroe
dentro de todos nosotros

También por Julie Dart:

Ellie se levanta al matón
La noche que la luna ocultaba

Para contactar a Julie Dart ir a
www.authorjuliedart.com
www.lailasavestheday.com
o envíele un correo electrónico a
juliedart@comcast.net.

Mi nombre es Alayna y tengo 6 años. He conocido a señorita Julie desde que nací. Ella es increíble y siempre hace que todos se sientan especiales y amados. Ella siempre habló sobre querer escribir libros para niños. Ella es ahora ¡una de mis autoras favoritas! Sus libros tienen los mejores personajes, son divertidos de leer y tienen un mensaje inspirador para ayudarnos a ser mejor.

Me emocioné cuando la señorita Julie le envió a mi madre una copia de Laila salva el día y me pidio por mis pensamientos. Inmediatamente me enamoré de Laila y su abuelita. Su abuelita me recuerda a mi abuelita y bisabuelita... siempre animándome a ser mi mejor. Fue muy divertido ayudar a crear a Laila y dar un toque femenino.

¡Espero que disfrutes Laila salva el día tanto como yo! No puedo esperar a compartirlo en la escuela y pedirle a mi maestro que lo lea a mi clase de primer grado!

Te quiero Señorita Julie

Una vez hubo una pequeña puercoespín llamada Laila.
A Laila le encantaba ayudar a la gente. Ella a menudo
soñaba con hacer cosas increíbles al igual que los
superhéroes que ella miraba en la televisión.

1

Había un total de tres superhéroes en la ciudad donde vivía Laila.

Había Elena Pelos Arriba, que podía rescatar a los gatitos que se atrapan en árboles altos.
Elena Pelos Arriba ordenaría que su cabello se levantara y luego llegaría a los gatitos, envolviéndolos dentro de su cabello y llevándolos a salvo a sus dueños.

Luego estaba José Pies Apestosos. Podría evitar que un ladrón robe un banco simplemente quitándose los zapatos. El olor sería tan malo que los ladrones no podrían tomarlo y se rendirían de inmediato.

El último superhéroe era Canción de Cuna León. Todo lo que León tenía que hacer era comenzar a cantar una de sus canciones de cuna y el rufián se quedaría dormido.

3

Un día, mientras Laila miraba las noticias con su abuelita Teresa, vio un reportaje especial.

— Señoras y señores, venimos a ustedes esta noche con las últimas noticias. Sombra Delgada O'Brian está de regreso y ha capturado a Elena Pelos Arriba, José Pies Apestosos y Canción de Cuna León. — Este equipo de luchadores contra el crimen ha estado ayudando a nuestra ciudad a mantenerse a salvo de cualquier mal comportamiento durante décadas, y ahora temo por lo peor, ya que Sombra Delgada O'Brian no muestra signos de liberarlos. —

— ¡Ay no! — pensó Laila. Miró a su abuelita y le dijo:
— ¡Tenemos que hacer algo, abuelita! —

— ¡Ay querida! ¿Qué podemos hacer? —

— Bueno, siempre me dices que incluso las personas pequeñas pueden hacer cosas grandes, así que tenemos que tratar de hacer algo. —

— Bueno querida — dijo su abuelita. —Supongo que tienes razón. Al menos, vayamos al Ayuntamiento y veamos qué podemos hacer para ayudar. —

Laila y su abuelita se subieron al primer autobús que las llevara al Ayuntamiento.

Había gente en todas partes que parecía muy preocupada por la seguridad de los superhéroes. Los policías habían cerrado el área para que nadie pudiera acercarse al edificio. Sombra Delgada O'Brian estaba gritando por la ventana del segundo piso del Ayuntamiento: — Ahora que he capturado a todos los superhéroes, todos se inclinarán ante mí. ¡Soy su nuevo líder! —

— ¡Buuu...! — gritó la multitud, pero Sombra Delgada O'Brian solo se rió.

CITY
HALL

POLICE LINE

BUS STOP

Laila se preguntó qué podría hacer. ¡Entonces ella lo vio!
Allí, frente al Ayuntamiento, había un pequeño agujero
cerca de la puerta principal donde el cartero dejaba los
paquetes.

— Mira, abuelita — dijo, tirando del brazo de su abuelita.

— Hay un agujero. ¡Puedo entrar por allí! —

— Ay no, cariño, no sé si puedes caber — dijo su abuelita.

— Por favor déjame intentarlo. Siempre dijiste que las
personas pequeñas pueden hacer cosas grandes.
¡Ahora es mi oportunidad de probarlo! — exclamó Laila.

— Sí, dije eso, ¿no? Esta bien, cariño, ve y haz lo mejor
que puedas. Sé valiente, cariño y estaré aquí esperándote
cuando salgas. Pero por favor ten cuidado — suplicó la
abuelita.

— Lo haré, abuelita — prometió Laila.

Laila fue capaz de escabullirse de la multitud sin ser notada. Luego pasó corriendo junto a los policías. Ella estaba cerca del agujero ahora y rápidamente saltó a través de él.

Laila recordó que Sombra Delgada O'Brian había gritado desde la ventana del segundo piso antes.

— Eso debe ser donde él tiene a Elena Pelos Arriba, José Pies Apestosos y Canción de Cuna León — pensó. Mientras subía las escaleras, escuchó la voz de Sombra Delgada O'Brian. — Los tengo atrapados a todos, ¡y ahora gobernaré esta ciudad para siempre!"

Laila intentó pensar en una manera de sacar a Sombra Delgada O'Brian de esa habitación para poder liberar a los superhéroes. Ella notó la palanca de la alarma contra incendios. Ella había visto esta misma palanca de alarma contra incendios en su escuela, pero se le dijo que nunca la tocará a menos que hubiera una emergencia.

— Bueno — pensó, — esto es una emergencia. — Así que respiró profundo, se puso de puntillas y tiró de la palanca tan fuerte como pudo.

14

La alarma sonó en todo el edificio y el agua comenzó a salir de los grifos del techo.

— ¡Puf! — gritó Sombra Delgada O'Brian. — ¿Qué está pasando? — Huyó de la habitación y corrió por el pasillo para intentar apagar la alarma. Laila luego corrió tan rápido como pudo hacia la habitación donde estaban los tres superhéroes.

Ella notó que estaban atados y Canción de Cuna León tenía una cinta en la boca. Laila corrió primero hacia Elena Pelos Arriba para intentar liberarla. — Mi nombre es Laila. Estoy aquí para ayudarles. —

— ¿Cómo llegaste aquí? — preguntaron.

— Pude atravesar el agujero de los buzones. — Laila hizo todo lo posible por aflojar la cuerda, pero estaba demasiado apretada.

En ese momento, Sombra Delgada O'Brian entró corriendo en la habitación, el agua seguía corriendo. — ¿Qué estás haciendo aquí? — le gritó a Laila.

— Soy Laila — dijo con la cabeza muy alta. — Estoy aquí para ayudar a liberar a los superhéroes de nuestra ciudad. —

— Ja, ja, ja — dijo, — no me hagas reír. Hay más de cien policías y ninguno de ellos pudo detenerme, así que, ¿qué te hace pensar que puedes detenerme? Mírate. No eres más que una niña pequeña. —

— Mi abuelita siempre me dijo que las personas pequeñas pueden hacer cosas grandes y yo le creo a ella. —

18

— Está bien — dijo, — Basta; vamos a sacarte de aquí. —

Sombra Delgada O'Brian corrió hacia Laila y trató de agarrarla, pero las púas de Laila pincharon sus manos.

— ¡Ay! — gritó.

Respiró profundo y volvió a intentarlo cuando Laila comenzó a correr con Sombra Delgada O'Brian persiguiéndola. Dieron vueltas y vueltas alrededor de la habitación cuando, de repente, Sombra Delgada O'Brian se resbaló en el piso mojado y se deslizó a la derecha hacia Laila. Laila le dio la espalda y se agachó para prepararse para el golpe.

— ¡Caramba! — gritó Sombra Delgada O'Brian.
— Ay! ¿Qué son esas cosas? —

Laila se voltió para ver a Sombra Delgada O'Brian.
Su parte inferior estaba cubierta de púas.

— ¡Ay que dolor! — gritó. — ¡Esto duele! ¡Quiero
a mi mamá! —gritó mientras salía corriendo de la
habitación y salía del edificio.

— ¡Lo hiciste! — dijo Elena Pelos Arriba.

— ¡Ciertamente lo hiciste! — dijo José Pies Apestosos.

Canción de Cuna León solo asintió con la cabeza porque la cinta todavía estaba en su boca.

Laila pudo cortar la cuerda con una de sus púas y liberó a los tres superhéroes.

— Salgamos de aquí — dijo José Pies Apestosos. Los cuatro huyeron del edificio, manteniendo a Laila cerca. Mientras salían del Ayuntamiento, la multitud aplaudió.

El jefe de policía se acercó y se aseguró de que estuvieran bien.

—¿Quién eres? — Le preguntó a Laila. — ¿Y cómo entraste en ese edificio? —

— Mi nombre es Laila, y quería ayudar. Vi el pequeño agujero para los buzones, así que simplemente subí. —

— Ella nos salvó! — dijeron todos.

— ¿Qué? — preguntó el oficial de policía.

— Su abuelita le dijo que las personas pequeñas pueden hacer cosas grandes, así que vino a ayudarnos — dijo Elena Pelos Arriba.

— Bueno — dijo el oficial de policía — eso fue muy valiente y apreciamos tu ayuda hoy. No teníamos idea de cómo salvarlos. Ah, por cierto, Sombra Delgada O'Brian fue capturado cuando salió corriendo del edificio llorando por su mamá. —

Todos se rieron.

POLICE LINE

El alcalde estuvo allí con los superhéroes a su lado en el escenario donde hizo un anuncio.

— ¡Tenemos excelentes noticias! ¡Sombra Delgada O'Brian ha sido capturado y nuestros superhéroes son libres! —

– ¡Hurra! – gritó la multitud.

— Espera — dijo Canción de Cuna León. — No podríamos haber salido del edificio si no fuera por nuestra nueva y querida amiga, Laila. Laila es la que nos salvó. —

— Laila, ¿puedes venir aquí, por favor? — dijo el alcalde.

Laila tomó la mano de su abuelita y ambas subieron al escenario.

— Bueno, Laila, eres una niña pequeña. —

— Sí, lo soy — dijo Laila — pero mi abuelita siempre dijo que las personas pequeñas pueden hacer cosas grandes. —

— Tu abuelita tiene toda la razón y Laila, nos lo has demostrado hoy. ¡Gracias! —

La multitud aplaudió.

Elena Pelos Arriba se acercó y se quitó la capa. — Puedes ser pequeña, Laila, pero eres el superhéroe más grande que esta ciudad haya visto. —

Y luego, Elena Pelos Arriba colocó su capa alrededor del cuello de Laila y la ató.

La multitud aplaudió su nombre. — ¡Laila, Laila, Laila! —

Laila sonrió la sonrisa más grande que jamás había sonreído y saludó a la multitud mientras vestía con orgullo la nueva capa.

Supongo que la abuelita de Laila tenía razón: las personas pequeñas pueden hacer cosas grandes. Todo lo que se necesita es un poco de valentía.

Quería agradecer a Alayna y Bernarda por sus comentarios sobre las ilustraciones y los colores que se eligieron para este libro. También me gustaría agradecer a Adelia y Laila por su amistad y alentarme a seguir escribiendo cuentos infantiles.

CPSIA information can be obtained
at www.ICGtesting.com
Printed in the USA
BVHW022005210719
554016BV00006B/46/P